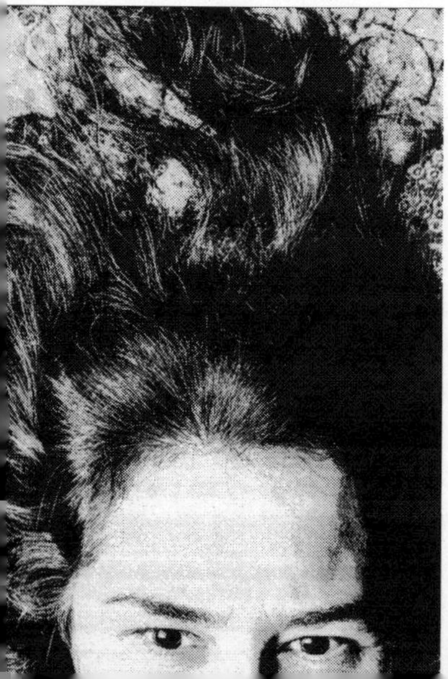

fer canelas

nasceu em Belo Horizonte e atualmente mora no Rio de Janeiro. Tem formação e especialização em literatura. Faz e pesquisa poesia.

DPOIS SE VÃO TB OS DDOS

fer canelas

editora Urutau
primeira edição
2022

O —

editora Urutau

rua do cajú, 478,
jardim das cerejeiras
06724-015
cotia-sp (brasil)

rua manuel pacheco nobre, 128 - 5º esquerdo
2830-080
barreiro (setúbal)
portugal

[+351] 928053619 [portugal]
[+55] 11 9 4859 2 426 [brasil]

www.editoraurutau.com.br
contato@editoraurutau.com.br

[EDITORES]
tiago fabris rendelli & wladimir vaz
[COORDENAÇÃO DE REVISÃO]
debora ribeiro rendelli
[REVISÃO]
rodolfo de andrade
[DIAGRAMAÇÃO]
victor h. azevedo
[CAPA]
victor h. azevedo, sobre fotografia de cottonbro

dados internacionais de catalogação na publicação (CIP) de acordo com ISBD

canelas, fer
C221d dpois se vão tb os ddos / fer canelas. - cotia : urutau, 2022. 152 p. ; 14cm x 19,5cm.

ISBN: 978-65-5900-336-5

1. literatura brasileira. 2. poesia. I. título.

CDD 869.1
2022-2493 CDU 821.134.3(81)-1

elaborado por odilio hilario moreira junior - CRB-8/9949

sumário

[prefácio]

Em um de seus poucos ensaios publicados, intitulado *O dia em que Panurge não mais fará rir*, Milan Kundera apresenta algumas reflexões curiosas a respeito da invenção do humor, traçando sua possível origem a Rabelais e Cervantes, dizendo que "o humor não é uma prática imemorial do homem; é uma *invenção* ligada ao nascimento do romance. O humor, então, não é o riso, a caçoada, a sátira, mas um tipo especial de comicidade que, segundo [Octavio] Paz (...) 'torna ambíguo tudo que atinge'", e acrescenta também que "o contrato entre o romancista e o leitor deve ser estabelecido desde o começo; é preciso que fique claro: o que se conta aqui não é sério, mesmo que se trate de coisas das mais terríveis". Não se trata da invenção do riso, já que este é originário, mas de um modo particular de suspensão do julgamento moral que não deve ser confundido com a imoralidade. O humor é uma profanação, no sentido de algo que permanece fora do templo, ou seja, que não segue as regras de conduta obrigatórias dos fiéis, sejam eles religiosos, literatos, cientistas ou os próprios familiares. É esse humor que a presente obra de Fer Canelas faz acontecer ao profanar uma suposta história familiar, mesclando-a com elementos históricos da colonização brasileira sem garantir que tudo isso seja verdadeiro, mas fazendo-nos aceitar o pacto de seriedade, de que se trata, afinal, de algo real, até mais real do que uma descrição biográfica ou jornalística seriam capazes de nos dar.

Entretanto, este livro não é um romance. É uma obra da *poíesis*, da poesia. Sua característica romanesca é uma certa narratividade, um certo fio narrativo que permeia toda a obra. Porém, melhor seria dizer que se trata de um elemento musical — um tema — que permite à poeta improvisar livremente durante a sua composição. O que haveria de lírico é constantemente invadido por elementos que destronam a subjetividade da voz nos poemas, mesmo quando estão em primeira pessoa. É uma voz invadida por listas intermináveis, por antepassados, por sonhos, milícias, um bigode, mitos greco-romanos. Como ela mesma se apresenta: "eu, frn canelas, que vos escrevo, sou só a interface", revelando sua posição perante o paradoxo da escrita como uma aliada da tradição dos eus perfurados, sem filiação ao cogito cartesiano.

Há muitas camadas possíveis de leitura desta obra singular que não tenho a pretensão (e nem a capacidade) de revelar. Mas ouso dizer que nela há um frescor raro que não se encontra habitualmente na literatura de "acertos de contas" de nossa época. Aqui não há um ambiente seguro para os vigilantes oficiais do discurso ético da sociedade porque os domínios da ética são esticados e contraídos por Fer Canelas ao bel-prazer, desmembrando esse paraíso idílico fantasiado às custas da exclusão de dois terços da população mundial. Como dito por ela: *muitos de vocês, caríssimos leitores, pensarão que sou/tirana, pois me intrometo por demais na narrativa/sei muito bem disso/não me importo/não cheguei até aqui para aceitar ser menos que meu próprio deus*. E é a partir dessa postura que vemos a história familiar tornar-se apenas um palco vazio onde a poeta manipula os seres outrora animados, por quem ela nutre afetos contraditórios (como em geral são todos os afetos), por quem ela deseja resgatar, condenar, retirar do armário ou manter numa posição apofântica, nem verdadeira, nem falsa.

Este livro é fruto de uma inteligência perspicaz, de alguém que sabe que o humor (ainda) existe, e que precisa constantemente ser inventado, sobretudo em épocas perigosas como esta que nos encontramos, na qual a violência explícita e sua estética *kitsch* (que deseja aniquilar tudo o que parece inaceitável da existência) tenta subjugar os corpos a favor de seu projeto de destruição. O capitão não sabe o que é humor. E no humor "cada resposta é uma armadilha para os bobos", como disse Kundera. Ele torna ambígua a tentativa de conversão do mundo em hemisférios pretos e brancos. Porém, ele não é cinzento como a lisura dos fascismos. O humor guarda uma incandescência própria, irônica, dirigida às pessoas que ousam permanecer fora do templo. E como os fiéis tendem a andar com seus narizes cobrindo a visão, é bem provável que este livro desempenhe o papel de uma casca de banana.

AUGUSTO MENEGHIN
Guarujá, 2022.

elle passait toutes ses journées, dans le silence menaçant de la plaine sans soucis, sans pensées, poursuivant de rêveries vagues, indefinisables, intraduisibles en aucune langue humaine.

isabelle eberhardt, em *yasmina*, 1902

*

eu, frn canelas, que vos escrevo, sou só a interface

palavras chegam até mim, eu as ponho no papel

o texto são camadas, geologia de sedimentos:

barro, areia, pedras, pedras e pedras. um boneco

de super-homem de plástico, e magma mais

profundo. sempre houve, no centro, fogo.

I DA NÃO LÓGICA DAS COISAS

I -

múmia não. zumbi também não. resisto. quero ser
floresta
quem me vê, pensa, o cabelinho impecável, maquiada

unhas de

manicure, roupas caras, que fina dama, hum, hum. mas comecei
[a deixar meus

pelos

crescerem. não raspo mais as pernas. estão cabeludíssimas.
ninguém sabe. por debaixo de belas calças de gabardine
pelos, selvas. por dentro de blusas de seda, tufos de

axilas

rios longos e tatuagens de adesivo de chicletes, só eu os
vejo, à noite, quando me banho. sentada na banheira
saboreio este outro, secreto eu:
contemplo pernas. peludas pernas. e

pentelhos do

sexo. neste monte já não raspo mais há anos.

II

no anno de MMXXII d.c.

tenho dois projetos de
vida, nesta ordem:

— plano-a: ser invisível

— plano-b: ser escritora

o plano-a não deu certo
hoje tudo é imagem
escrevo.

III

passei a frequentar o café le jardin
em ipanema. belamente
decorado com plantas e flores de plástico

cheio de gente jovem, tatuada, de
bermuda e havaianas. lá, sou eu a múmia
parnasiana

levo o tablet, peço um café
escrevo. fico
horas e horas escrevendo.

IV

sou mesmo uma múmia. finjo ser
moderna. mas pessoas percebem

gosto de escrever textos estranhos
mas nada sei
sobre ônibus de baladas. na real

múmia, múmia, múmia
detesto espaços virtuais
sonho em ter um café de poesia

já quis ter um sebo. múmia!

minha casa é cheia de livros —
físicos, de papel, do tipo
com letras dentro, do tipo sem
gravuras, tipo feitos de árvores, que
eram florestas, que estavam vivas

múmia assassina, múmia assassiiinaa.

V

não sou apenas múmia. sou também acumuladora e vivo à cata de lixo: objetos só me interessam se forem cacos, tijolos ou restos:

restos de textos

restos de amores jogados fora

pedaços de bijuterias, móveis velhos, talheres aleatórios louça, copos, panos, roupas, sapatos, luvas, anéis, dedos. o que estiver deixado em portas para ser catado, aulas de judô e bordado

coisas encontradas em mercados de pulgas, lojas de quinquilharias. e sites de usados

às vezes também em sites de furtos. não
importa, todo objeto é matéria roubada de
seu estado bruto. cacos de

objetos não retornam a este estado. existem para se reagrupar: dez milhões de genes colados em pedaços.

VI

teve o programa sobre literatura de que participei

eu queria mesmo era ser invisível. low profile. mas se você quiser ser escritor, tem que publicar, participar de lives, ter perfil no instagram, divulgar livros, mostrar o rosto

tem que haver marketing. os livros vendem junto com a imagem de quem os escreveu. então quem é convidado para um programa de literatura é um sortudo

eu queria mesmo era ser invisível. mas teve o programa sobre literatura e eu fui. no chat pipocaram perguntas, eram da milícia contra a cultura. agora existe isso, começou uma treta. perguntaram: o livro está morto? quis responder, estamos todos mortos, menos o livro. a treta continuou. o programa ficou divertido

começou o videogame: plantas contra zumbis.

VII

viventes, o jogo vai começar.
ponham-se a postos, voltem
para os casulos. não deixem
de checar se implantes no
cérebro estão funcionando.

VIII — keep it low

1) clico em um link. canal do youtube
comentário no chat do programa de
literatura:

todos somos humildes, irmãos
gostava de fazer poemas
aí minha mãe falava
vai no caixa do supermercado
e fala um poema para ver se
vão aceitar como pagamento
fui estudar engenharia. o que acham?

2) penso, deve ter sido um dos primos que
postou isso
em 2022, todos engenheiros. todos obscurantistas.
mas, aparentemente, com exceção de um. este do
chat, o miliciano que quis ser poeta.

IX

família aeeee família

primos gamers adolescentes fans de anime
usando pseudônimo e ícones de suástica
conservadores com ironia estilo southpark
zoadores nazistas antifeministas stalkeadores
nerds fascistas trolls criadores de memes
anarcocapitalistas bolsonaristas hackers de
ultradireita neocriacionismo colecionadores de
bonecos de super-homem

todos me perseguindo todos querendo me ferrar.

II — DA VIDA SECRETA DOS OBJETOS

I

pessoas me assustam
não há nada nas pessoas. são só
plataformas. são informações
interagindo dentro de intervalos de
alguns anos. precariamente. vivendo
limitadas pela submissão a cronos

sim, pessoas são: tempo. e só há um modo
de interagir com o tempo: em desajuste. da
janela do quarto, ouço passantes em algazarra

estava escuro na rua quando as pessoas riram
o que se pode reter das pessoas? um som? um
passado? um eu, uma voz, um texto?

II

entrei

na internet, fui ao mercado livre, comprei
uma foto. um daguerreótipo bem antigo
destes que avós guardavam em molduras
ovais. no anúncio dizia: desfaz-se de miolo

de casa. logo abaixo, como resultado da
mesma busca, estavam anúncios de joias
feitas de tranças de cabelos dourados, um
pince-nez e moldura antiga com retrato

a moldura me interessou. o retrato também
lá estavam fragmentos de um todo irrecuperável
mesmo assim, alguém já viveu ali. já teve nome
alguém pendurou este retrato em alguma parede

em alguma sala, quem sabe acima de um sofá.
ponho-me junto a eles, prendo-me
dentro da moldura, a moldura está fixada

sobre o sofá e

voilà: agora tenho um passado
podem me pendurar na sala
download completed.

III — quando o sofá te odeia

meu sofá tem aquele flegma do reino
inanimado

sento-me nele e não diz nada

maltrata dá dor nas costas
câimbra nas pernas faz um
buraco fundo que vai
caindo para fora e me
expulsa aos pouquinhos

passo os dias em casa
sentada amando este
sofá em relação
atemporal e eterna

ele é passivo-agressivo e eu estofo-dependente.

IV

não sei por que escrevo
só sei que gosto de criar mundos imaginados e me
perder dentro deles

já houve época em que pensava, o que
escrevia acabaria por acontecer. ao
narrar sobre o passado não corro este
risco. não se pode provocar o passado

escrevo aqui sobre maridos

ando obcecada por maridos. acho que é por não
ter mais um. maridos são seres absolutamente
obsoletos e estranhos. para que servem? o que é
um bom marido? bom marido, repito, bom marido,
até que seja só um som: bom marido bom marido

bomaridobomaridobomaridomaridobomaridobom

V

tinha o bisavô da tal foto com o bigode de
nietzsche. este deveria ser o protótipo de
todos os maridos, posando como o patriarca
de tempos míticos, em frente a uma plantação

tenho um verdadeiro fetiche por este bigode. não
sei mais nada deste bisavô. só tenho esta foto. mas
vejam bem, nela ele tem cara de menino — um
rapazinho legal. tem o rosto dos meus primos. claro
que tem. então, acho que meio que sei como ele
era, como se já o tivesse encontrado por aí. sei
como era a voz e como era o jeito de falar — meus
primos têm todos mais ou menos a mesma voz

o bisavô, de verdade, não tem nem cara nem jeito
de grande senhor de fazendas. devia estar se
sentindo acuado, pois imagino o casal como eram
todos os de tempos remotos: ela, cuspindo um filho
por ano pelas pernas. e ele, toda noite dormindo
com um corpo inerte que nunca tinha visto nu

eram o casal julião e proserpina guedes. casalcasalsal

casalcasalcasalcasalcasalcasalcasalcasalcasalcasalca

VI

objetos que já possuí:

1) uma máquina de grampear roupas. sem comentários

2) um laptop vintage que parecia uma tampa de privada (mas era mais bonito do que eu)

3) um marido. se bem que não tenho certeza de ter jamais sido meu. talvez um pouquinho, em breves momentos. talvez não. seu coração, com certeza nunca tive (mas era mais bonito que eu)

4) uma máquina de grampear roupas (não grampeava papel — sei porque uma vez tentei. e nem pessoas)

5) algumas amigas populares. que mesmo não sabendo se pareciam com uma tampa de privada (e não eram mais bonitas que eu).

objetos nem tão estranhos assim que já me possuíram:

1) sementes de árvores frutíferas gigantescamente
plantadas em vasos pequenos. que ficavam junto à
janela onde sempre batia sol e às vezes davam ínfimos frutos

2) um apartamento cheio de árvores frutíferas junto a ensolaradas janelas. no qual nenhuma das minhas
amigas populares ia me visitar

3) equipamentos variados de esportes radicais (mesmo
sem sair de casa)

4) casacos de inverno coloridíssimos high tech respiráveis levíssimos adequados para temperaturas de até -20
graus. que ficavam lindamente guardados no pouco
espaço do armário (em pleno verão carioca).

provas de que na verdade não se possui nada:

1) os equipamentos de esporte, num belo dia, se
radicalizaram. fizeram um motim para serem doados a
uma ONG que apoia atletas (desavisados)

2) os casacos bem que também quiseram se revoltar. mas
só sabiam proteger e confortar. então ficaram hibernando
no armário, em estado de absoluta melancolia. à noite choramin-

gavam, baixinho, ardendo de vontade de ir passear
nos andes, em busca de improváveis amores

3) o marido. e o marido? este, há muito, já se foi. primeiro ia
e vinha, para disfarçar. depois começou a deixar uma projeção
holográfica na sala, para que pensassem que ainda estava lá
por fim, depois de ferir mortalmente com paroles e trava-línguas
digitais, partiu de vez numa temporada de colisões. de meteoros
marte, júpiter, netuno e hábitos retrógrados. (então já não era
mais tão bonito assim)

4) o laptop em formato de tampa de privada vai bem,
obrigada. foi vendido por uma fortuna no mercado
livre para um colecionador de nfts. e também se foi

5) o coração (dele) dizem que chora por mim. mas
sinceramente, duvido.

VII — sobrevida

fui eu quem quis escapar
e nem era do nfrn. mas no começo
os amigos também te abandonam você fica

invisível

eu só tinha um metro e sessenta de estatura
e muito
cêsentaiespera.

VIII — sobrevida

fui eu quem quis fugir
mas no começo
parecia que tinha sido deixada para morrer

de repente entendi
que era velha
que era fraca
que meu peso era quase oitenta quilos
que precisava operar da vesícula e que

sequertinhaumeupráchamardemeu.

* * *

III — DO AVÔ E DO BIGODE DE NIETZSCHE

I

escrever só para os mortos

porque todo mundo já morreu
porque viver pede tanta coragem
porque quem está realmente vivo?

ou, simplesmente, não escrever nada
prefiro tirar um fio de cabelo que
acabou de nascer no queixo.

II

pena que não foi spinoza. enfim
aquele bigode não era de spinoza. era
de nietzsche: o varão desconstruído
nietzsche chegou ao Brasil em 1910
trazido pelos anarquistas. mas ele

julião, não podia ser anarquista, né?
não o cara que se sujeitou àquela foto
àquela pose, posição, religião, mulher
vida. era senhor de fazendas de café

oligarquia rural agrária. que pena

queria ter tido um avô anarquista
se era, não poderia se declarar
declarar ser anarquista para julião
guedes equivaleria ao que seria

para nós sair do closet. então poderia

ser, no máximo, um simpatizante.

III

os antigos da família contavam que, no
fim da safra, quando a colheita de café era
toda vendida, para comemorar, a família ia
passar uma temporada no rio de janeiro. então
imagino que ficavam hospedados no copacabana
palace, de frente para o mar, na avenida atlântica

ok, o copacabana palace ainda não existia em
1913, data aleatória que imaginei para a viagem
dos julião guedes. o hotel teria que ser outro. mas
o copacabana palace tem um certo anacronismo
como quase tudo no rio, foi construído aos moldes da
riviera francesa da virada do século. poderia

alternativamente, colocar meus hóspedes do interior
no hotel glória, que fica no rio antigo e que também
era na beira-mar, já que o aterro do flamengo também
não havia sido sequer projetado. mas pera aí, o hotel
glória também só foi construído em 1920

então pesquiso um pouco. ponho no google imagens de
hotéis do rio antigo. tinha o hotel avenida, na região
central. o hotel restaurante victória. o hotel humaytá

no botafogo. este último menor, incrustado na mata
parecendo hotel boutique. por que não? não sei, ainda
prefiro o copacabana palace. quero pôr a família de férias

num balneário. e eis-me aqui querendo impor hábitos do
século vinte e um: querendo passar o verão na praia
deixando as preferências de meu tempo interferirem na narrativa.
então, que seja o copacabana palace. ficava
mais longe de tudo, já fora da baía de guanabara, num
bairro de praia oceânica ainda não urbanizado

imagino a estadia deles com a mesma rotina dos hóspedes
no livro morte em veneza, de thomas mann. praia, quase
nunca. banho de mar, nem pensar, que as águas eram
impuras (ainda são). para as mulheres, nem pensar, porque
tinha muito sol, muita areia, muito calor (ainda tem). tudo

acontecia dentro dos domínios do hotel. todo mundo se
vestindo para as mesmas ocasiões, sempre dentro do hotel
frequentando os mesmos lugares, sempre dentro do hotel

e conversando amenidades, muito prazer sou o comendador x
ah são de mar de morros conhecem meu amigo o barão de
itapioca sim ficaremos hospedados por toda a temporada o
plantio só começa em três meses primeiro o solo tem que
descansar sorte mesmo não estar muito quente neste verão
minha mulher já está no quinto mês tomara que seja um
menino se deus quiser até agora só temos um varão o
primogênito o resto são meninas sorte também esta brisa

está mesmo muito aprazível especialmente à noite ah sim
a carestia. ah sim, a corrupção, ah sim, à corrupção
senãoacabarmoscomacorrupçãonãoseiondeopaísvaiparar.

IV

julião é entrevistado num canal do
youtube. era uma espécie de bate-volta:
como você se define: sou dinamite
o que você detesta: o rebanho
denúncia necessária: ressentimento de nossa sociedade
projeto atual: ir além de meus limites
frase de efeito: o que não me derruba, me torna mais forte
diagnóstico do tempo presente: a civilização ocidental deu ruim
seu maior medo: ser apropriado pelo fascismo
quem você bloquearia no seu perfil: wagner
você bloquearia mais alguém: provavelmente todos.

V

julião tem sonhos estranhos. ou são
implantes de
memória. não é bem certo.

VI

ficavam no rio de janeiro por meses, convivendo em sociedade com a nata da nata. no fim da noite, julião e proserpina retiravam-se
a seus aposentos.
proserpina ia dormir.
julião arrumava-se com

a casaca e sua melhor camisa de cambraia branca engomada no capricho na brasa do ferro de passar roupa. e ia caminhar pelas noites escuras do centro. por um verdadeiro submundo, onde

capoeiras videntes migrantes charlatões coelhinhos da páscoa sinistras habitações coletivas prostíbulos tudo se amontoava em becos. ia secretamente visitar as polacas. ia para o bairro da misericórdia, para o cais do porto, o que não mata fortalece

pensava. ia então para as casas de

ópio do rio antigo, ia jogar e ia a encontros de anarquistas.

VII

estava caminhando por detrás dos arcos da lapa. havia acabado de comprar um exemplar do jornal vespertino a notícia, que tinha como atrativo contos e crônicas de grandes nomes, como bilac, coelho neto e artur azevedo. discretamente, passaram-lhe um panfleto que dizia:

simbolistas e anarquistas contra parnasianos. encontros às terças-feiras

no café do rio, na esquina das ruas do ouvidor e gonçalves dias, onde jovens literatos eram fregueses permanentes. julião havia
estudado na escola politécnica. engenharia. como todo bacharel que

se prezasse, era bem educado, publicava sonetos no correio da cidade exaltando a vida mardemorrense. ficavam bons. quando ia ao café local elogiavam, o formalismo perfeito, a erudição, as rimas ricas, as imagens

greco-romanas.

VIII — de parnaso múmias e energia

julião pensa, nietzsche ensinava mitologia
grega porque faltava energia à juventude
$E = mc^2$

matéria física = energia em outro estado energia =
potencial de combustão

= podemos queimar.

IX

julião pensava: a poesia é meu demônio, se deixar calado, me destrói. a poesia é meu grito, se deixar sufocado, me implode. a poesia é meu fogo se mantiver apagado, me consome. queria realmente ser poeta. ele sentia

o que escrevia ainda não tinha alma. queria fagulha, turbulência. ao ler o panfleto que caiu em suas mãos, viu nessa agitação abertura que precisava para juntar-se a novos ares de fazer poético. queria sorver

ideias, viver estéticas revolucionárias. acreditava num mundo vertical onde a radicalidade estava nas profundezas. queria pertencer realmente à multitude e à dark net. queria mais da vida. admirava o estilo dos

boêmios na cidade. queria fazer do comportamento desregrado o modo de ser da linguagem. só assim era possível ser poeta. só a experiência de vida como obra de arte deixa os sentidos enriquecidos, sutis, e o gosto apurado. sem isto, um homem não poderia ser criador de maravilhas.

x

já eu queria mesmo era ser invisível
mas tenho seguidores no insta e são
os melhores. engajados, jovens, têm ideias
criativas e gostam de textos estranhos

foi deles a sugestão: um ônibus de baladas
rodando pela cidade. com música alta
luz de disco, bebidas, drogas e muita
orgia para fazer lançamento de livros

yeeeeeeeeeeeeeeeeeeeeeeyyyyyyyy.

XI — sonhos de uma noite de verão

julião

esperou até terça-feira e foi ao café do rio. ao lá
chegar, percebeu na porta uma placa que dizia:
ambiente livre de algoritmo. à direita ficava um
espaço onde havia um balcão e algumas mesas
uma espécie de bar onde poetas escreviam à luz de

velas fincadas em garrafas vazias, entre copos de
cerveja e cálices de cognac, se tivessem dinheiro
quando não tinham, pediam um café, um copo de
água gelada e ficavam cinco, seis horas ocupando

a mesa

julião pediu um absinto, meio sem saber se estava
pedindo a bebida apropriada para aquele lugar. mas, sim
serviram-lhe uma taça esverdeada e aromática. fez vários
conhecidos, caricaturistas, escritores, jornalistas, filósofos

ou simplesmente boêmios. havia até um grupo literário
batizado zodíaco, no qual cada jovem membro tinha o
codinome de um signo. saiu de lá com um livro nas mãos
além do alentejo pão com queijo do bem e do mal

no final da noite, já amanhecendo, o perguntaram para
onde ia. volto para o hades, dizia, minha fazenda. alguém
tem que ficar na porteira, guardando tudo que está lá. senão
é um deus nos acuda. os zumbis saem por aí se
misturando

com os vivos, apropriando-se de suas vidas, suas mentes
seus amores. de seus mundos cada vez mais
apocalípticos. não que eu acredite em espíritos. em
demônios, talvez. deus, de qualquer forma, está morto

do lado de fora do teatro municipal, alguns músicos
reunindo-se após uma bebedeira, tocavam com
instrumentos gastos um trecho da cavalgada das
valquírias, de wagner. surgia a aurora de róseos dedos.

IV — DE PLANTAS ADORMECIDAS

I — slam

coro de ópera wagneriana em ritmo de rap:
aeeeee salve aqui mc audino salve
aquele mano que vai roubar sua brisa
ó o bigodão de vilão é loco ae é o bigodão
como pablo escobar e ao capone irmão

aeeeee vilão. vilão vilao vilão aeeeee.

o mano todo mundo fala aeeee
o mano que ninguém entende

bem qual é azideia. que fala difícil.

é loco é a maior roda gigante isso
é a maó robada num entendi nada.

II

aqui, quem quiser achar alguma coisa de
autobiográfico vai encontrar. talvez um
de meus primos ache. mas não

do jeito que imagina. nesta história sou
todos os personagens e não sou nenhum
nem eu nem ninguém

sou mesmo um nojo e mereço todo o
desprezo à serviçal que sou. nutro no
íntimo uma fantasia: se o bisavô tivesse

conhecido os primos, também não teria
gostado deles. da janela de meu quarto
ouço risadas de passantes no escuro.

III

escrevo
para não morrer

fujo para o barco, mas ao
içar velas grito meu nome

eu, que era

sozinha neste mundo. eu, que não tinha
nada, e acabo de apedrejar o olho do ciclope
agora tenho um nome. eu, a quem acusavam

de ser ninguém

digo: frn canelas
posseidon já pode se vingar.

IV

dirijo-me aos leitores

muitos de vocês, caríssimos leitores, pensarão que sou
tirana, pois me intrometo por demais na narrativa
sei muito bem disso
não me importo
não cheguei até aqui para aceitar ser menos que meu próprio deus
não espero ser amada
não sou machado de assis
não sei voltar-me ao leitor com galanteria
quem me dera. mas, vá lá, de dom casmurro e de
louco todos temos um pouco
segue a história.

V — aonde você vai quando sonha?

ligo o ps5. meta, versão 20.22. a batalha continua

fugi e lembrei ter deixado algo para trás. um inseto
verde. destes de cara olhuda — grilo, louva-deus ou

bicho-pau. era de estimação, mas o havia esquecido

dentro de lata escura, só com um pouquinho de

água e comida, nada mais. cheguei em casa, ouvi um
cricri surdo vindo do banheiro, cri cri. bem fininho.
cricri cri cri. corri para abrir a lata. cricri, cri cri.

depressa. dentro dela uma coisa minúscula

parecia floquinho verde. pude pegá-la e colocá-la
na mão. ainda estava viva. algo pulsava nela, muito

fraco, quase

parando.

VI — flores de plástico não morrem

fui deixada para
apodrecer. mas nem ligo:
assim sei que sou orgânica.

VII

o pai já está podre
a mãe mesmo em vida sempre esteve podre
a avó já está podre
a tia já está podre
a prima que era meio amalucada
a outra tia que era poeta e também era meio amalucada
a outra tia que nem era tia e provavelmente foi amante de meu pai
a baleia que apareceu morta no arpoador e cheirava à carniça
quando fomos à praia vê-la.

VIII

dos antepassados da foto, só sei que nada sei. continuo inventando. busco resíduos onde quase não há. numa improvável vila que proliferou no século dezenove. que foi embelezada para habitantes enriquecidos com a cultura do café que queriam um logradouro apropriado, com um clube para se reunirem, um colégio, um

seminário, igreja, bares, prostíbulos. tinham o poeta parnasiano, a pianista professora de música e o hino de três acordes, a fanfarra e bandeirolas, o médico e os instrumentos rudimentares. fizeram

um parque na praça principal com palmeiras imperiais e animais exóticos à solta. quem fosse ao café da cidade, podia tomar água de vichy. as comemorações eram suntuosas. principalmente as

cristãs: batismo, crisma, natal, páscoa, funerais.

IX — é natal, renasce o mundo

o cheiro de podre mescla-se
em mais um dingobel com
barulho de pum.

X

resolvi fazer uma tatuagem
escolhi a frase. gravei na parte
interna do braço esquerdo:
i don't even like everybody.

V — DE PLANTAS E CASULOS

I

vivemos desde sempre produzindo e acumulando
objetos junto com os objetos, veio a atribuição de sentido
depois veio a imagem do objeto, signo que o substituiu:

palavra.
junto com os objetos, veio uma pergunta
sobre o tempo. e, sobretudo, sobre a finitude. as coisas
permanecem. ou não. vão-se os dedos, ficam anéis

depois se vão também os anéis, ficam imagens.
pessoas se vão, ficam memórias.
corpos também se vão, ficam imagens
até que se apaguem. ou que se perca a senha da nuvem.

II

ultraconservadores, escravagistas, monarquistas, ruralistas
militaristas — na cidade das fazendas de café de meus bisavôs

estavam sempre do lado

errado da história. o que imagino daquele lugar tem traços
bem fascistas. se bem que o fascismo surgiu após o século

dezenove

é a cidade do século dezenove que procuro encontrar
quando vou a mar de morros (renomearam-na, coitada, e
ficou desde então com este risível nome). mas ela não está

mais lá. só restou o bicho preguiça, velho e moroso, câmera
lenta movendo-se na praça cheia de árvores, agora

centenárias.

III — parnaso

lamento apenas que, da cultura greco-romana, o que
chegou a mar de morros excluísse o admirável gosto
pelo sexo de povos e deuses da antiguidade. o que
chegou, infelizmente, era só arte pela arte. só mesmo uma

pitadinha

de parnasianismo. e passou por lá sem nem chegar
direito. um frisson, como diziam. lamento igualmente
que a quase inexistente influência greco-romana
excluísse o politeísmo. não toleravam deuses pagãos

minto: os

africanos acabaram por tolerar, porque
não tinha outro jeito. mas não em público

só nas encruzilhadas nas sextas-feiras
nas meias-noites da vida

fora isso eram todos não só cristãos, eram
ultra-cristãos. eram beatos. principalmente as mulheres
principalmente nas aparências. porque gostavam
mesmo era de moralismo, culpa, ressentimento.

IV

e de sexo?
na época de proserpina, não sei
na minha, quando já era adolescente, sim
frequentemente entre primos. mas também
todo mundo lá era primo.

V

a vida em torno da cultura cafeeira era um
bouquet de experiências. havia todo um
percurso, cada etapa tinha aroma diferente
começava nas plantações da fazenda e seguia

por uma rota longa, que incluía colheita, secagem
ensacamento, armazenamento, transporte, propina
armazenamento nos portos do rio, exportação

julião acompanhava todo o processo. viajava entre
mundos: o urbano do comércio, da cotação da bolsa, das
empresas de exportação, dos navios do porto. e o rural

das plantações, das colheitas, os animais, os empregados
os escravos recém-libertos que ainda estavam lá — gostava
de pensar — por amor aos patrões. eram muitos espaços

através dos quais deslocava-se. espaços demais
principalmente considerando-se que, sensível, queria
viver como uma planta, em vegetativos sonhos

i say voulez-vous coucher for eternity
let's go meet the sandman i say

sofria de náuseas de movimento: depois de muitos eventos, sentia vertigens. quando na aceleração da vida tudo se misturava, vinha o torpor merci beaucoup.

VI

café é uma planta delicada. a colheita
tinha que ser feita à mão, grão por grão
as mãos precisavam agir rápidas. com
técnica. nem verdes, nem podres

somente maduros: pedras vermelhas

delicados também eram os sonhos de julião
não sabia se sonhava o sonho das plantas
ou se eram cafezais que o sonhavam

para, através dele, poderem existir
cafezais eram profundezas oníricas
eram zona de conforto de onde não queria

sair, eram nfrn verde

todo o resto fazia com esforço
menos estar lá, no meio da profusão de
aromas, terra, folhas, frutos, suor.

VII

o nfrn pode ser verde. mas
presos a arbustos de café também
estavam casulos. de mariposas. de

improváveis asas. estranhas criaturas

inconfessas em seu invólucro

humildes, vivendo do nada sem lume
sem sombra

sopravam em corpos a

transformação

— desejos de asas crescendo em cores
laranjamareloazul

mariposas em seus vértices
punham-se a voar sobre a noite.

VIII

o nfrn pode ser verde. sangue
pode ser verde. por exemplo de lagartos
de corpos sem carne. corpos de trabalhadores

nos cafezais vivendo do nada, seguindo fluxos de
colheita. verdes. invertebrados

sem desejo nem vontade

claudicando à sombra dos arbustos. sem carne
nem corpo, sem sangue de animal que fere. humildes
tão perto do nada. julião passará. eles serão

eternos. nada os pode vencer

porque nada pode vencer o nada.

IX

nfrn pode ser verde. mas vem o tempo e

mundos desaparecem

o que fez os cafezais tornarem-se
subterrâneos? entre arbustos
ficavam agora fantasmas e zumbis. criaturas

notívagas, plantas travando épicos combates

da terra saíam zumbis. buscavam

superfície — corriam

para as grandes cidades. entocavam-se em
apartamentos. havia tv de tela plana na sala, ps5 no
quarto, festas no play do prédio, roupas de baixa qualidade
coelhinhos de páscoa e bichinhos fofos em geral, cloroquina
ivermectina, viagra e prótese peniana, comida fast food, idas a
shoppings populares, e, o pior, intermináveis cadastros que
preenchiam nos sites de compras on-line

neles, profundezas haviam por completo

desaparecido.

X

porque são estranhos meus sonhos? mostram
o que somente poucos, pouquíssimos sabem —

que o café, mais conhecido como estimulante
cerebral, é também excelente antídoto contra
mordida de zumbis. que poderiam atacar a
qualquer momento. viventes e mortos, mas
pensando bem, sobretudo viventes, tomem café
e tentem escapar, corram, corram, fujam para
montanhas, disfarcem-se de pateta, vão à disney!

VI — DA VIDA SECRETA DAS PLANTAS

I

versão 20.22

1) clico em um link. mesmo canal do youtube de sempre
comentário no chat do programa de
literatura:

o que é o inalcançável?

2) penso: deve ter sido um dos primos que postou isso

3) está crescendo em mim um pavor crescente
dos primos. imagino que todos os comentários
sejam de parentes milicianos que me perseguem.

II

cada um de nós, com vivências recombinadas
caleidoscopicamente, é único

cada um de nós tem memórias únicas
experiências de vida armazenadas ao

longo do tempo

cada vez que um de nós chega ao fim
um arquivo de dados gigantesco também chega
ao fim. simplesmente desaparece —

finito, vorbei, passée, tschüss, gone

para os que deixam de viver, não existe
backup, drive externo ou nuvem

III

assim é com senhor bigodon. tenho procurado

compreendê-lo melhor estudando seu
contexto, pesquisando acontecimentos da virada dos
séculos dezenove e vinte. mas até agora este não tem
sido um método muito eficaz. descobri ser a imaginação

maior e mais interessante que o google.

resolvi que julião

morreu de cálculo biliar
morte mais boba, obstruiu o colédoco, duto
formado pela junção dos canais hepático e
cístico. estava obstruído e não havia cirurgia

ainda assim tentaram operar, porque ele era
rico, mas, mesmo com sua juventude, não
resistiu à brutalidade das toscas práticas
cirúrgicas na época (ainda são)

IV

resolvi que julião

pegou, por aí, na noite carioca
assim de susto, o vírus da verticalidade —
mal hábito difícil se perder. principalmente

em versos que tentam alcançar o inalcançável
em versos que tentam encontrar uma linguagem

capaz de traduzir sonhos em palavras reais.

V

o bigode era um espírito livre. já deve ter levado cantada, ter sido motivo de ciúmes, até garantia de aposta. já deve ter ouvido muita coisa, escondido lábios que diziam o que não deviam, gritado

o que se calava na boca. bigode já deve ter participado de duelos

feito orgias. usado ópio, cocaína, morfina. talvez até assassinado alguém. certo, meu avô parecia mais um bezerro desmamado. mas não, não o bigode. o bigode sabia o que fazia. assim como em nietzsche, neste duplo, a sombra vale cada um dos fios do bigode.

VI

o último filho a nascer seria aquele que já estava na
barriga de proserpina. que fora concebido antes do
pai contrair uma dst. na verdade, ela teve dez filhos
imaginemos que, em 1913, estivesse grávida do décimo

o que requer uma acrobacia cronológica difícil de se
transformar em relato plausível. mas não me importo
você, leitor, que se vire com o seu "unwilling of disbelief"
aqui, escrevo o que quiser. aqui a cronologia sou eu quem faço

mas sífilis é uma doença que não mata rápido. então
temos outro problema. nesta história, julião-nietzsche
guedes contrai sífilis e morre poucos anos depois, para
ser mais exato, aos trinta anos, pustulento e enlouquecido.

VII

quando estava na nite, se soltava
e virava outro. julião era

engraçado, tinha um humor inteligente
sabia usar o sarcasmo. conhecia a ironia
gostava de contar piadas. principalmente
sobre zeus, o deus que conhecia southpark

era só chegar na roda de amigos e
julião começava o repertório:

pedi a zeus que
me tornasse a pessoa mais
feliz do mundo. zeus fez
todos os humanos
desaparecerem, menos
eu

haha sqn. zeus também
tem a tecla [desfazer].

VIII

fazer o quê, o avatar que o avô
criou para interagir com o
mundo, esse tal de bigodão
frequentava bordéis. também
tinha umas tiradas que quase
sempre

compõem listas de sites misóginos. mas
em minha escrita, ele era apenas humano
demasiado humano. vamos às frases:

julião acreditava que concubinas eram
mais honestas que as esposas, pois
deixam bastante claro que se fazem sustentar

por seu próprio trabalho, enquanto as esposas, por
sua vez, eram ardilosas ao sobrevalorizar o trabalho

doméstico

mulheres, ao reivindicarem igualdade, faziam um
erro de cálculo
mulheres não deveriam escrever livros, ou se exprimir em

público
sobre filosofia ou política

(nisto ele até tinha razão, sob seu ponto de vista. vejam bem:
num futuro que julião não conheceu, eu, que sou mulher e escrevo
sinto-me livre para inventar as piores atrocidades sobre ele).

IX

a nite é para os fortes

mais uma noitada chega ao fim
de volta ao hotel, julião entra no quarto. a esposa está
dormindo. lembra-se de outra piada. desta vez sobre o
deus-cristão: o deus mal-humorado. anota e pensa, bom

amanhã quando sair tenho anedota nova para contar:
pedi a deus que me
fizesse a pessoa mais feliz
do mundo. ele tornou toda a

humanidade miserável
incluindo até seu filho

haha [sqn tem graça]
[emoji de fazer o quê].

X

slam
coro de ópera em ritmo de rap:
aeeeee salve mc audino aeeeee

o super-homem é o famoso a favela venceu
aeeeee sem passada de pano sem massagem

o eterno retorno é todo dia a mesma fita
é a vida estagnada. essa é azideia

você abraça azideia dos outro ou
você abraça a suazideia? fala aeeee

ou você é piolho e vai pela cabeça dos otro
ou você é é mandraque e é do jeito que ele é.

é loco é a maior roda gigante isso é a maó
robada num entendi nada.

VII — DE ESTADOS VEGETATIVOS

I

escolheu a vida reclusa num apartamento em paris lá fora
virada do século XIX, luzes da modernidade
piscando
e ele em busca de flashes de memória

trazendo à vida tantos nomes de mulheres
madeleine albertine nomes que se
dissolveram em lembranças de sentidos

pois no mundo feminino de chá com bolinhos, tudo
era tênue como a penumbra do quarto e das cortinas fechadas
onde também se dissolviam as identidades de gênero

nunca saiu do armário, mas passou a vida toda
em busca do tempo perdido, revendo e relendo os escritos
sem achar a resposta:

profunda albertina, a quem vi adormecida, e que estava morta.

II

genealogia dos sentimentos

sensações físicas, viscerais, proporcionadas pela integralização de
eferentes e aferentes límbicos a núcleos do tronco encefálico. tanto

regiões do giro do cíngulo, amígdala, região pré-frontal e áreas
[corticais
superiores armazenam informações previamente processadas que
[são
comparadas (desta vez de forma ciente) em áreas corticais
[superiores

dando-nos sensações como alegria, tristeza, receio, medo etc. o
[cérebro
controla a frequência cardíaca quando ouvimos por exemplo uma
[notícia

alegre ou temos reações faciais e lacrimejamento durante períodos de
tristeza. memórias pregressas influem em como processamos

informações recentes, sobretudo quando envolve afetividade.

III

um certo chauffeur do copacabana palace, que tinha alma sensível
gostava de ler oscar wilde, tocava cavaquinho, ia a rodas de
pau-e-corda — o chorinho, como agora o chamamos. teve uma

noite em que trocaram olhares intensos através do espelho
retrovisor, e os olhos são o órgão mais delicado do corpo

humano

em inglês (contemporâneo) existe uma expressão perfeita
para isso, "eye-fucking". apaixonaram-se. era um dos raros
encontros, daqueles que podem acontecer, ou não, durante

uma existência, em que duas pessoas realmente se conectam.

IV

era um sentimento forte. e era um sentimento

terno. que os fazia desejar adormecer, e transformarem-se

em planta

amavam-se como em sonhos os dois amantes estavam lá
naquele carro, seguiam em torpor, sobre a terra, adormecidos
e vivos, desde sempre, na imobilidade de seu sono pulmonar e
profundo. sonhando, como árvores: raízes subterraneamente

entrelaçadas, silêncio

julião aproximava-se do carro, o chauffeur abria a porta
julião entrava, sentava-se no banco de trás. o chauffeur
sentava-se no banco da frente, dava partida no motor
segurava o guidão. rodava por toda cidade
sempre à noite. olhavam-se. tudo em silêncio. e foram
imensas, as coisas que se disseram em silêncio. mas

em termos de romance, nada acontecia realmente.

até que julião teve coragem. colocou, furtivamente, um bilhete no banco do motorista. estava escrito em versos não muito bons. não podemos nos esquecer que julião era poeta. na época experimentava um novo estilo, procurava imagens simbolistas que expressassem a sinestesia entre a natureza e elementos míticos transcendentais.

V

o que realmente pensava, mas não
conseguia dizer, nem com todos os
símbolos e imagens, era: queria que

fôssemos amantes, chupando-nos
como raízes. então, fez o melhor
que pôde. o bilhete ficou assim:

árvores gigantescas
em troncos retorcidos em
topos densos
o sol não penetra pelo
verde, escuro intenso
da sombra sem pecado

dentro delas cabe tudo. vivem
desde tempos muito antigos
guardando em silêncio
conhecimento
que não cabe ao homem.

VI

trocaram missivas. sempre em versos.
esta parte era fácil. difícil era não arriscar
a ter o romance descoberto. então, a
solução era usarem codinomes em bilhetes

o de julião é fácil de adivinhar, monsieur
bigodon. o do chauffeur, cujo nome era alberto

era albertina

albertina, profunda e hermética albertina,
abundando em códigos e no tanto que isto diz.

VII — gaslight

se proserpina, assim, por um acaso, meio
semquererquerendo, achasse o bilhete esquecido
num dos bolsos da calça, tudo bem. afinal, o que
tem demais em um homem ter amantes? era
100% heteronormativo. proserpina, que não era

cassandra, via, mas não conhecia. no dia seguinte
para o buffet do desjejum, punha sua melhor
saia de linho branco. penteava longamente
suas loiras madeixas. as prendia ao alto

com presilhas de tartaruga, que chamava de
tortoise. e descia, de braços dados com seu
marido, para o terraço em frente à piscina

hum hum, disse julião. hoje estão servindo
madeleines. hum hum, são muito aprazíveis
oui, ma chère, muito boas para molhar no chá.

VIII — de raptos e reféns

ninguém, jamais, ficou conhecendo os poemas que julião
escreveu para seu único e grande $_{\text{amor.}}$

ninguém, jamais, só ele, julião, soube que
vivia assim, uma vida inteira, habitado por
um $_{\text{amor}}$ gigantesco, guardado lá nos fundos, nos
abismos dos abismos, nas profundezas mais

sombrias, intestinos da terra, olho do vulcão
manteve esse $_{\text{amor}}$ aprisionado, sem nunca
deixar sair, nunca falar com alguém, sem

nunca realmente se declarar.

IX — coração ciborgue

sim, aqui faço poemas de $_{\text{amor}}$. como

em todos os meus livros. sempre
acham que já se disse tudo? não
perguntei. a pulsão é minha. a
falta de educação também

platão já disse tudo sobre $_{\text{amor}}$
plutarco já disse tudo sobre $_{\text{amor}}$
petrarca já disse tudo sobre $_{\text{amor}}$

depois deles, continuamos a
dizer tudo sobre amor

mas não dizemos tudo

agora, no anno de MMXXII d.c.
escrevo sobre o gosto da
pasta de dente de manhã

seguimos.

X

só ficou o gosto amargo na boca, refluxo de
bílis que não dissolvia a vida indigesta, retina
amarelada, pele sem viço, vida de pedras

crescendo, crescendo dentro do corpo, até
morrer na mesa de operação tentando tirar

o cristal secreto de dentro de si: $_{\text{amor}}$ que

conseguira manter intacto em cofre que
nunca se abrira, único tesouro, diamante

de luz aprisionada em escuro de vísceras.
é que

um ano após seu encontro com julião, alberto
morre de desastre de automóvel e
deixa-o só, com memória de desejos que não

aconteceram. deixa-o só, com a podridão do
corpo sem energia. só, contando apenas com

o hipotálamo, sonhos e delírios — a revérie —
para assombrar o coração e alentar a alma.

XI

sonho

aumento de função parassimpática do sistema neurovegetativo. função cardíaca e função renal ficam mais lentas, enquanto os processos digestivos aumentam. encéfalo também parece repousar. taxa de uso de energia e taxas de disparo de neurônios em geral estão no nível mais baixo. ocorre uma diminuição de 10 a 30% na pressão arterial, diminuição do tônus vascular periférico e de outras funções vegetativas do corpo há perda quase total de tônus muscular esquelético músculos que controlam o movimento dos olhos e

pequenos músculos do ouvido interno são exceções.

XII

músculos que controlam o movimento de olhos e
pequenos músculos do ouvido interno estão ativos

músculos que controlam o movimento de olhos e
pequenos músculos do ouvido interno estão ativos

músculos que controlam o movimento de olhos e
pequenos músculos do ouvido interno estão ativos

músculos que controlam o movimento de olhos e
pequenos músculos do ouvido interno estão ativos

músculos que controlam o movimento de olhos e
pequenos músculos do ouvido interno estão ativos

XIII — porque ninguém quis comprar o poeta

julião escreve um último poema para alberto:

assim eu andava vivendo faminto
em oco de árvores
desprezando maçãs. escondendo-me
tentando ficar invisível no jardim

para que me confundissem com
minúsculas flores. ninguém me
via, mas era visível meu medo

medo de deixar o casulo

de cair em solo duro diante de tantos
olhos que sugavam-me toda vez que
passava por aquele caminho

toda vez que passava
pelo caminho das árvores
passava pelo seu chamado.

VIII — DE RAPTOS E SONHOS

I

fogo também é lume. não só do sol
mas também do magma, provém calor
magma: matéria compacta, densidade

fluida, energia concentrada em
profundezas. o que causa vertigem
é queda, não fogo. entendi:

nfrn = fronteira.

II

por fim, imagino o impossível. se julião houvesse se
apaixonado por proserpina, apesar de os critérios
para as relações conjugais da época não incluírem o

amor (ainda não incluem?) e se estivesse, pacientemente

tentando conquistá-la, espiando-a escondido enquanto se
fechava no quarto para fazer a toalete da noite — se fossem
fazer $_{amor}$, havia todo um conjunto de paramentos: vestes

que cobriam todo o corpo; o famoso lençol com um buraco
no meio para que durante o ato não houvesse contato de pele.

III

era ele, julião, o senhor dos nfrns — e não proserpina. entre um filho
e outro, quando saía da primavera da gestação, dava luz e
retornava, ele tentava se aproximar. mas nada funcionava

de alguma forma, julião compreendia a recusa emocional da esposa:
vinha junto com uma dureza. um certo olhar que proserpina lhe
dirigia, o quarto estava escuro e não podia vê-lo. no escuro só se

podem imaginar terríveis monstros. como fazê-la entender que

não era um monstro? se ela nunca quis pegar um candelabro e
deixar uma vela para acender ao lado da cama. mais uma vez
não conseguia mostrar alguma luz, qualquer fagulhinha que fosse

então, como revelar a beleza de seu rosto de amante? se ela o via
como monstro, via os homens como monstros, sexo como obrigação
se eu não me opuser e pensar em outra coisa, vai passar logo?

IV

julião procurou quebrar a rigidez da esposa. se a olhasse nos olhos
apesar da dureza, tentasse furtivamente fazer um carinho, uma
mão no seio parecendo um acidente, um leve tocar no clítoris ao

introduzir o pênis, um beijo mais molhado na bochecha? se
tentasse, como podia, ir pelas brechas, buscar algum caminho
para amolecer o volume inerte dentro do qual se metia, sentia

como se fosse um boneco de madeira, nem parecia humano
ele olhava nos olhos, ela desviava, ele ia com a boca procurando
os lábios, ela virava a cara. como vencer aquela apatia?

V

condescendência

1) *atitude de superioridade paternalista*

2) *atitude de uma pessoa que concorda com alguma coisa*

fazendo sentir que poderia recusar

3) *procedimento que não obedece aos preceitos de consciência.*

VI

neste trecho é impossível não deixar de pensar que proserpina, da
 mesma forma que alberto, também punha-se com julião em

atitude de planta-dormideira. quando proserpina se cobria
com o lençol com um buraco no meio, a única parte do
corpo que não desaparecia para

julião era a genitália. esta, repentinamente, estava lá
sozinha, destacada de todo o resto, se abria em flor e
atraía seu falo para dentro de si. havia

sempre o temor que pudesse devorá-lo como planta carnívora. esta
coincidência tem a ver com alguma característica de julião? com
[seu jeito
de considerar

pessoas como algo a ser possuído, corpos amados como algo a
ser mutilado, animalidade como algo a ser diminuído até se
alcançar o estado vegetativo?

VII

nunca conseguiu realmente dominá-la
ela exercia um poder maior. é verdade que
juntamente com a fazenda, as plantações de café, os

animais, os ex-escravos, proserpina pertencia a julião
mas guardava em si um espaço emocional do qual não permitia
que se apropriasse. não, o coração não

este é território impenetrável. os sentimentos me
pertencem, só a mim. e nunca vou amolecer:
amor é o único instinto em que não se pode confiar.

VIII

eros = aquele que
arranca os membros
atira na copa das árvores
derrete para deformar.

quando o romantismo vai
voltar a ficar na moda? pls?

IX

será que proserpina não gozava mesmo?
ela, uma deusa grega? sequer se
masturbava? nunca, nada, nenhuma espécie
de orgasmo, em toda sua vida? ela, filha da

deusa da fertilidade, com a barriga
redonda e perfeita do retrato? gozava, sim
porque paria. e no parto é onde se esconde
gozo maior. exceto, depois, o da morte.

IX —

HADES = NFRN

HADES = NVRN

I - slam

coro de ópera wagneriana em ritmo de rap:

aeeeee aqui mc

aquele mano que vai roubar sua brisa
ó o bigodão de vilão cé loco é o bigodão
como pablo escobar e ao capone irmão

aeeeee vilão. vilão vilão vilão aeeeee.

o mano todo mundo fala aeeee
o mano que ninguém entende
bem qual é azideia. que fala difícil.

é loco é a maior roda gigante isso
é a maó robada num entendi nada.

II

assim, julião pensou, nada na vida faz sentido
só essa vontade de intensificar a potência

assim, pensou, que pé que pé que pé que
não pode ser pata? vou procurar outras
mulheres

viver, ter os prazeres aos quais um homem
tem direito. e vou aprender. entender como se
faz. tornar-me um bom amante. erotizar-me

quem sabe assim?

III

julião viveu intensamente. teve
muitas amantes, casos levianos
encontros de uma só noite. adorava
uma farra. mulheres o adoravam

era o tipo de homem que ia fazendo
rir e, quando viam, já estavam na cama
com ele. os poetas são impudicos
para com suas vivências: julião as

explorava, vivia querendo trazer o

corpo para dentro do poema
mas o corpo escapava
às palavras, as carnes ardiam e ele se
consumia. ou ficava
invisível como um elefante na sala

o corpo era difícil de arrastar, pesado como
um piano. se tocasse ele gemia
se apertasse ele gritava se
furasse ele sangrava

mesmo assim, vivia querendo

trazer o
corpo para dentro do poema.

IV

não é fácil traçar uma linha. distinguir
o nfrn do mundo em que vivemos.
nunca foi. quem transita

entre os dois, sabe disso. em luz há muita treva

em trevas há luz brilhando, inversamente

buraco negro é um vórtice que engole luz dia e
noite, verão e inverno são ciclos
que se retroalimentam.

V

de experiências eróticas de julião
encontrei, num álbum velho de família
um único poema. e não fazia o menor

sentido dentro dos padrões estéticos da época.
talvez estivesse bêbado quando o escreveu.
talvez quisesse exagerar no

tom de escárnio. ou talvez já estivesse

entrando no modernismo.

VI

da carne

a carne dói adoece
arde padece
estremece enrijece
relaxa arrepia
aprecia aprende
não esquece pede
pede tanto não para
de pedir

a carne deseja.

VII

como alguém se torna o que é?
sim, ele, o monstro, revela-se finalmente no
marido crápula. e crápula seguiu sendo, até
a morte. q.e.d. :

verticalidade =
descida ao
/   nfrn.
subida do

VIII

proserpina suportou seu marido
crápula até ele partir. como o
tratava? respeitosamente

era doutor julião. doutor julião, já
vai se deitar? levarei seu calmante
javanês. não? o senhor
volta para a janta ainda? o senhor tem

notícias da comadre chica que caiu no
tacho de cobre quando fazia compotas
naquele dia que trocavam risadinhas
pelos cantos da cozinha?

X — DE CASULOS E METAMORFOSES

I

agora que terminei de contar a história do
bigode do pater família,
deixo julião. é que anda muito
ocupado hoje em dia. todo mundo
descendo aos nfrns. todo mundo pedindo para voltar
parece mesmo viagem à disney.

II

o mundo é um lugar muito perigoso para os mortos. aqui eles não têm garantias. não têm direitos. não têm visibilidade. não têm voz. se bem que voz talvez tenham. mas só em forma de ecos do passado.

o que

estou a ponto de contar sobre esta bisavó é uma narrativa que certamente ela não contaria de si mesma.

III — dfe: delete fucking everything

sei também que não te dou nenhuma chance
proserpina. você não pode discordar, dar a sua
versão, defender-se. você está morta. sou seu
único eco. e não pretendo fazer concessões ou
sequer ater-me aos fatos

vislumbres que tenho do passado são sempre
sinistros. percorro a estética do século dezenove de tons escuros,
figuras distorcendo-se em pinturas
já a caminho do abstrato, até chegar a textos e relatos grotescos
allan poe, mary shelley, rudimentos da
ciência, cabeças frenológicas, máquinas férreas e toscas
as primeiras lâmpadas elétricas em bocais de baquelite
tudo é meio como nos filmes de terror

então, logicamente, estou à procura do insólito na
bisavó. radicalizo: e se tiver envenenado seu marido
que morreu por demasiado cedo, aos trinta anos?
olho para o rosto da mulher no retrato. aquela aridez
emocional seria capaz de tudo, inclusive disso. olho
novamente o retrato. desta vez para o casal, sobretudo
para o bisavô. quem era aquele jovem?

IV

morre julião guedes. ele queria
mais tempo. só que tempo é
como diamante: pedra barata para

vender, cara para comprar

morre julião guedes. queria transcender a
existência, mas não soube contribuir para a
expansão da vida. queria ser poeta, mas
não conseguiu escrever nada que prestasse

morre clicando no próprio sopro

e bling! sorri, mostra o

diamante incrustado no dente

morre sorvendo a si mesmo

e bling! sorri, desaparece

dentro do espelho de alice

upload para a nuvem finalizado em cinco minutos.

V

sem o guardião do hades
os zumbis ficavam de fora, não
atacavam
mais à noite, pouco se sabia deles
conseguiram autoimplantar chips

nos cérebros, e apagar os números
de série.

VI

é o dia da morte de julião. ele ainda está no rio de janeiro acordando. ainda no quarto, sente uma dor lancinante nas costas. vem um gosto de bílis na boca, uma golfada de vômito. não se importa tanto assim ultimamente, tem tido muita dor de cabeça e perturbação visual. então, se arruma para o pequeno almoço no terraço do hotel. depois volta para o quarto. a dor persiste. proserpina traz-lhe um chá de boldo

na véspera, julião havia ido a uma barbearia. no caminho pensara na próxima noitada. pensava com seus botões, estou pronto para me consumir em minha chama. como poderia me transformar em algo novo sem primeiro ser cinzas? ao chegar no salão avenida central, fora tratado com todas as honras, cliente ilustre que era. zé, o barbeiro, pergunta: barba, cabelo e bigode senhor? não, responde. bigode não. o bigode quero deixar crescer mais um pouco.

VII

consigo entender porque
os mortos não voltam: o mundo dos
vivos é, até para nós, que ainda
estamos aqui, experiência de
absoluto terror. para viver, nos
acostumamos com ela, nos adaptamos
tentamos não ver tudo, não processar
o improcessável, a brutalidade, a violência
a ausência de sentido, a evanescência
de tudo que buscamos.

VIII

julião, aqui eu, a bisneta, me despeço
já te decifrei. e você se foi

julião, de minúsculas flores: ofélias
e de grandes olhos sonhadores. olhos
de ressaca, olhos de capitu
misterioso, opaco, cheio de suspiros

tão frágil que poderia ser sua mãe
sempre quis te pegar no colo e te ninar, julião.

IX — metamorfoses

fronteiras eram transgredidas e
cafezais invadiam tudo, cresciam selvagens
em proliferações de genes, vivos

que eram. tornaram-se corpos verdes. neles
se disseminava sangue de todas as criaturas
que os habitavam, invertebrados, samambaias
que se misturavam a arbustos e grãos

não havia mais profundezas

eram superfícies de sol
que inscrevia-se ao projetar entre
folhas aqui e ali, como ruídos de luz

crescem arbustos raízes endedando-se
agarram tornozelos surgem folhas de
braços e dedos sexos em flor exalam

aromas dedos em feromônios botões

carbono é matéria básica de biomáquinas
vem do núcleo do planeta pode ser carvão
diamantes pode ser cinzas mas também é

base de organismos órgãos e membros
dedos cresciam nas mãos ciborgues de

perséfone. dedos para que servem?

X — i robot

eu, humano = senhor

você, robô = servo

agora

alguém abre meu tablet

e conta isto

pro corretor de texto.

escrevo.

XI — FICAM OS DDOS

I

de uma coisa sei:
até este momento
escrever

não me fez mais feliz

criei textos tentando
alçar lembranças e
afetos inalcançáveis

mas escrever
não me fez mais feliz

e, ah
bem sei, ah

nada disso trará o beijo perdido.

II

e os primos? o que têm feito?
não tenho ideia. boa coisa não é

e zumbis? sumiram?
continuam soltos por aí

fazer o quê?
deixa eles. criamos o

próprio nfrn. só isso.

III

caríssimos leitores,

se seguiram a narrativa até este ponto
então parabéns, chegamos ao fim

no livro passado eu morri, mas
neste livro eu não morro.

IV

sonho, porque
afetos se vão, vão-se anéis
dedos ficam vazios

depois se vão também os dedos. restamos
atormentados por fantasmas

ou talvez seja apenas o implante de chip
que parou de funcionar.

V

músculos que controlam o movimento dos olhos e
pequenos músculos do ouvido interno estão ativos

músculos que controlam o movimento dos olhos e
pequenos músculos do ouvido interno estão ativos

músculos que controlam o movimento dos olhos e
pequenos músculos do ouvido interno estão ativos

músculos que controlam o movimento dos olhos e
pequenos músculos do ouvido interno estão ativos

músculos que controlam o movimento dos olhos e
pequenos músculos do ouvido interno estão ativos

*

rio de janeiro, verão de 2022.
vênus em conjunção com marte,
sol em quadratura com netuno.

[agradecimentos]

Augusto Meneghin
Ceça
Judite Canha Fernandes
Editora Urutau

■ primeira edição
■ setembro de 2022